這本書的主人是：

崔崔

不！是豬豬

豬豬 巴戈狗 愛說謊

獻給我的小猴子們

文、圖／艾倫・布雷比 ｜ 譯／黃筱茵 ｜ 主編／胡琇雅 ｜ 美術編輯／李宜芝

董事長／趙政岷 ｜ 編輯總監／梁芳春

出版者／時報文化出版企業股份有限公司

108019台北市和平西路三段240號七樓

發行專線／（02）2306-6842

讀者服務專線／0800-231-705、（02）2304-7103

讀者服務傳真／（02）2304-6858

郵撥／1934-4724時報文化出版公司

信箱／10899臺北華江橋郵局第99信箱　統一編號／01405937

copyright © 2017 by China Times Publishing Company

時報悅讀網／www.readingtimes.com.tw

電子郵件信箱／ctliving@readingtimes.com.tw

法律顧問／理律法律事務所 陳長文律師、李念祖律師

Printed in Taiwan

初版一刷／2017年5月

初版十二刷／2023年2月

豬豬巴戈狗 愛說謊

圖 & 文｜**艾倫‧布雷比 Aaron Blabey**

譯｜**黃筱茵**

巴戈狗豬豬，
我不得不說，
為了達目的，
總是說謊話。

講到說謊，
豬豬可聰明了。
只要有麻煩……

通通怪崔崔。

你瞧，他會把客廳坐墊咬個稀巴爛。

伸手指著崔崔說：
「都是他的錯。」

他ㄊㄚ會ㄏㄨㄟˋ砸ㄗㄚˊ碎ㄘㄨㄟˋ盛ㄔㄥˊ滿ㄇㄢˇ鮮ㄒㄧㄢ花ㄏㄨㄚ的ㄉㄜ˙美ㄇㄟˇ麗ㄌㄧˋ花ㄏㄨㄚ瓶ㄆㄧㄥˊ⋯⋯

然後說：
「崔崔已經瘋了好幾個鐘頭！」

有一次，他甚至扯壞一件
可愛的舊禮服……

你的特別日

結婚禮

然後躲在崔崔背後，
要崔崔認錯。

崔崔

「你為什麼這樣做？」
可憐的崔崔問。

「我以為我們是朋友。」

豬ㄓㄨ豬ㄓㄨ只ㄓˇ説ㄕㄛ：「隨ㄙㄨㄟ便ㄅㄧㄢ啦ㄌㄚ。」

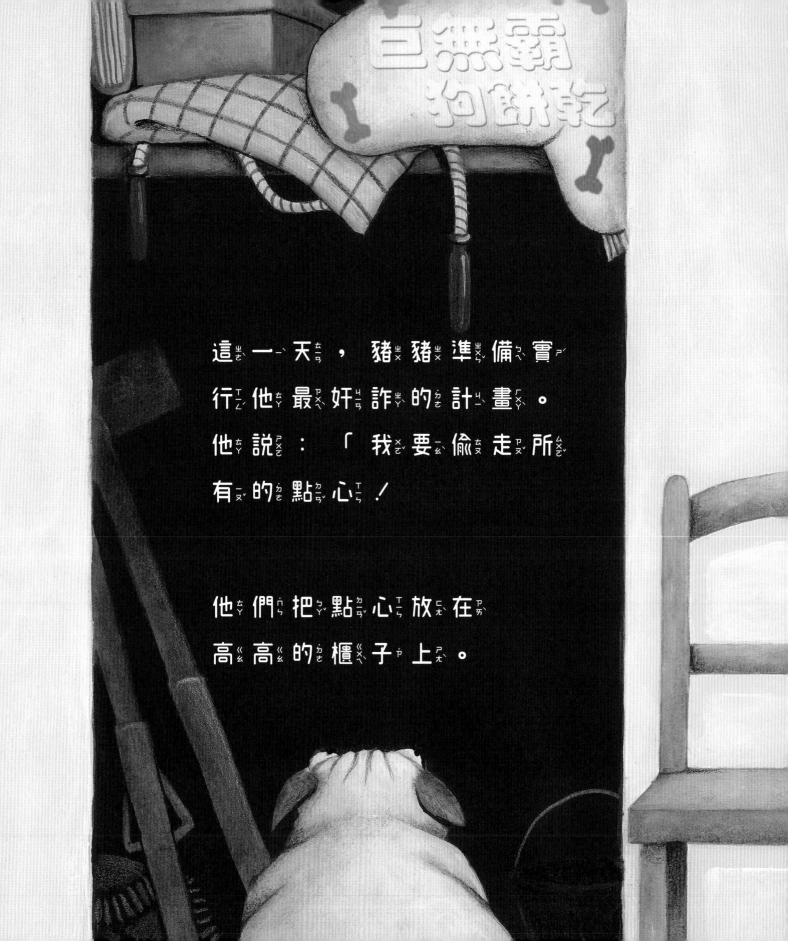

這一天，豬豬準備實
行他最奸詐的計畫。
他說：「我要偷走所
有的點心！

他們把點心放在
高高的櫃子上。

可是在拿到點心前，
我需要撒個聰明的謊……」

於是，他放了一個屁。

又臭又壞心。

再指著崔崔說：
「就是他！」

崔崔被帶到屋外
呼吸新鮮空氣。

豬豬的機會來了，
他爬上椅子。

「那些點心
都是我的了！
我要把它們
全部
吃光光！」

可是這堆點心後面……

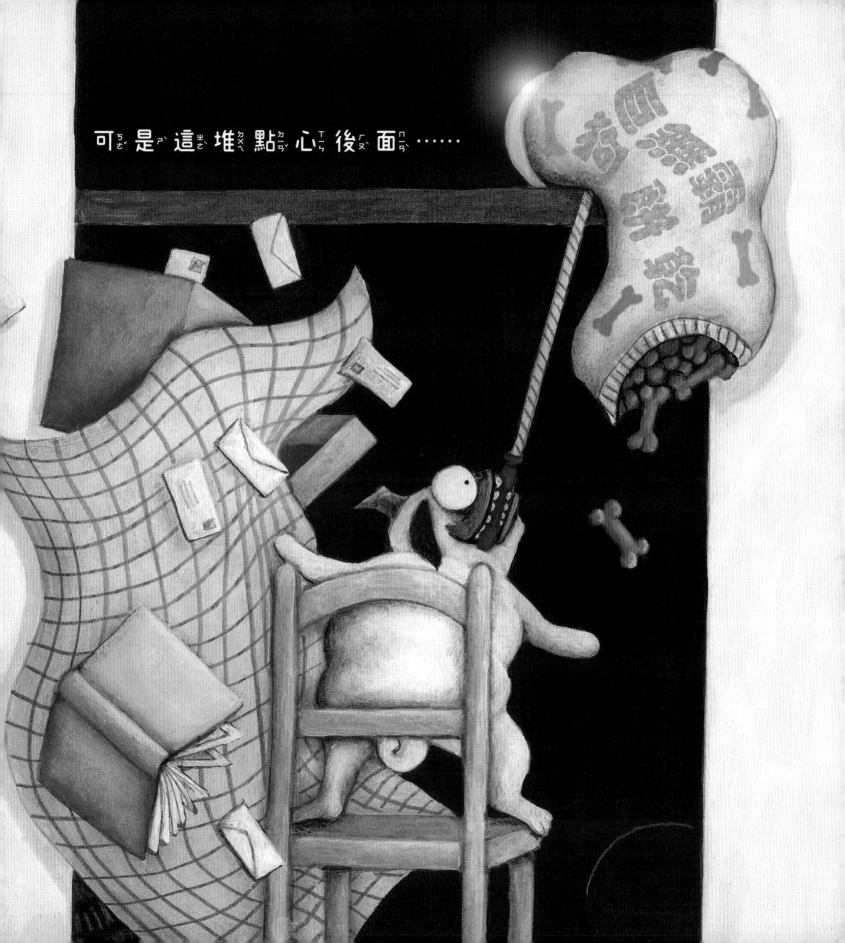

……是一顆舊保齡球。

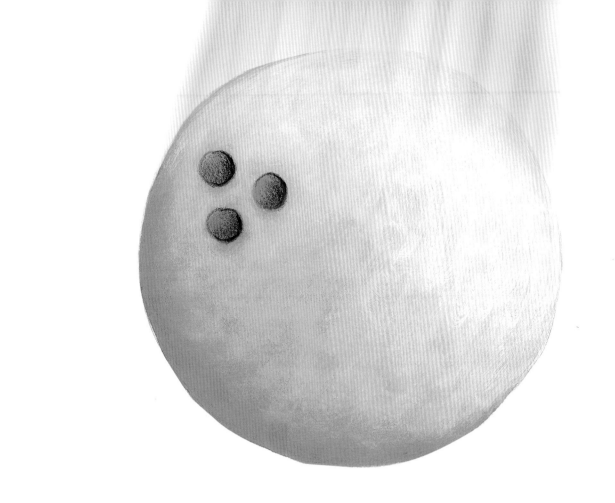

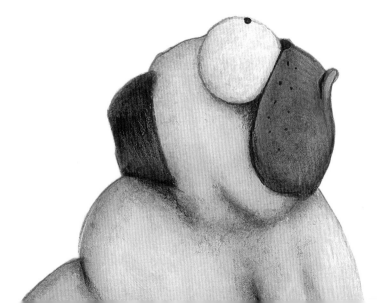

現在日子變得不同，
我很開心的說。
豬豬不再說謊！
耶！耶！萬歲！

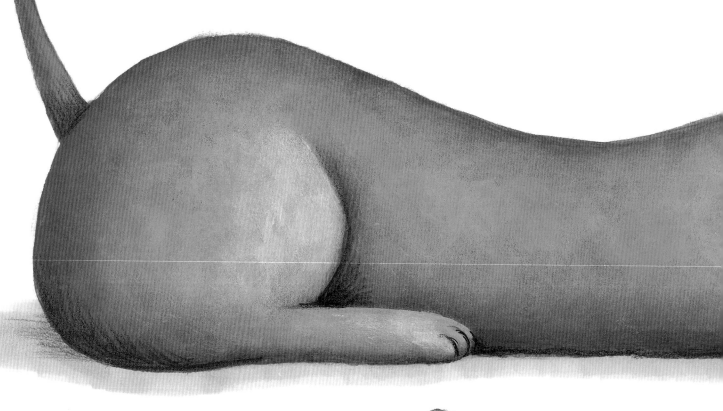

他ㄊㄚ 有ㄧㄡˇ 幾ㄐㄧˇ 處ㄔㄨˋ 瘀ㄩ 青ㄑㄥ ……
少ㄕㄠˇ 了ㄌㄜ 一ㄧ 顆ㄎㄜ 門ㄇㄣˊ 牙ㄧㄚˊ 。
不ㄅㄨˋ 過ㄍㄨㄛˋ 他ㄊㄚ 可ㄎㄜˇ 學ㄒㄩㄝˊ 到ㄉㄠˋ 教ㄐㄧㄠˋ 訓ㄒㄩㄣˋ 了ㄌㄜ ……

這話千真萬確。